Jürgen Hembd

Opa erzählt *noch* einmal

Teil 3: Über Hobbies und Freizeit,
über Lebensweisheiten und
wichtige Entscheidungen

Herstellung und Verlag
BoD – Books on Demand
Norderstedt 2014
ISBN: 978-3-7386-0543-3

für

Elisabeth Dummin,

Kurt Fender

und

Nina Gräsler

Das Umschlagbild zeigt Ingrid und Jürgen Hembd im Spätsommer 2014 am Brunnen im Garten des Senioren-Hauses Lerchenweg, aufgenommen von Mehdi Bahmed.

Vorwort

Der erste Teil des Untertitels – *Über Hobbies und Freizeit* – lässt mich in Bezug auf meine eigene Person aufhorchen und nachdenken. Unter einem Menschen mit einem Hobby, also einem *Steckenpferd,* stelle ich mir jemanden vor, der sich nach getaner Arbeit praktisch in jeder verfügbaren freien Minute einer bestimmten selbstgestellten Aufgabe oder Leidenschaft hingibt.

Ich jedoch war zum Beispiel nie ein Hobbygärtner oder Autotüftler, kein Sammler von Briefmarken oder Münzen und kein Leistungssportler auf Rekordjagd. Fehlanzeige. Gern habe ich mich immer wieder bestimmten Interessengebieten gewidmet: ich habe über lange Zeit hinweg bis heute gesungen und musiziert oder gemalt und gezeichnet. Aber keine dieser Beschäftigungen war je eines meiner Identitätsmerkmale. Sie konnten ruhig eine Zeit lang schlummern, ohne dass mir daraus seelischer Schaden erwachsen wäre.

Was macht mein bisheriges Freizeitverhalten eigentlich aus?

Irgendwie habe ich mich stets *im Dienst* vorgefasster Wünsche und Ziele gefühlt, musste mich, wie ich meinte, stets *sinnvoll* beschäftigen, war von innerer Unruhe getrieben und habe zum Beispiel sogar noch in meiner unterrichtsfreien Zeit mit großer Selbstverständlichkeit meinem Beruf zugearbeitet – ziemlich unfähig, *die Seele baumeln zu lassen.* Ein Leistungsmensch?

Ich bekenne mich schuldig: ich habe es vermutlich nie richtig gelernt, *Muße zu üben* und mich treiben zu lassen. Äußerlich scheinbar ruhig, werde ich ungeduldig, wenn ich glaube aus meiner Zeit nichts „Nützliches" machen zu können und fühle mich ständig in Aufbruchsstimmung, immer zwar in aller Ruhe auf Achse, allenthalben jedoch irgendwie auf der Suche.

Mit den *Lebensweisheiten* ist es gleichfalls so eine Sache! Sie erinnern mich an Kalendersprüche und diese sind oft aufdringlich fromm, formelhaft oder mit erhobenem Zeigefinger belehrend auf Wirkung bedacht und letztlich wenig richtungweisend für das tägliche Leben vor Ort. Wer sich zudem selbst für weise hält, scheidet vermutlich schon aufgrund dieser Selbsteinschätzung aus dem Rennen aus!
Oft stoßen sich unsere für uneingeschränkt gültig gehaltenen theoretischen Lebensprinzipien hart im Raum! Das Leben selbst erscheint mir dagegen sehr komplex und kaum berechenbar und seine Herausforderungen lassen sich wohl nur selten erfolgreich mit eher vereinfachenden Kurzformeln begegnen. Deshalb mag ich Ideologien nicht!
Wir können lediglich Bedingungsfaktoren des jeweiligen Geschehens analysieren und müssen aus den Umständen des Hier und Jetzt heraus mutig und zügig entscheiden – Fehlentscheidungen inbegriffen! Als Nachfahren tun wir gut daran, die Entscheidungen unserer Vorfahren immer *aus deren Zeit heraus* zu begreifen. Diese Gnade mögen uns auch unsere eigenen Nachkommen erweisen!

Oft genug können wir im Blick auf die Zukunft nur improvisieren und fragen uns später staunend, was wir uns zuvor bei Diesem und Jenem wohl gedacht haben mögen. Aber wir müssen nun einmal tagtäglich eine Vielzahl oft kniffliger Entscheidungen treffen, da wir bekanntlich *vorwärts* leben und nirgendwo endlos – sozusagen irgendwo im Niemandsland stehend – verharren können.

Schiedsrichter können ein Lied singen von falschen Tatsachenentscheidungen!

Lehrer und weitere Berufsgruppen übrigens auch!

Auf meinen Arztrechnungen stehen unter den Diagnosen stets jene Krankheiten, die bei mir *gesichert* seien. Ich *habe* sie also! Ich werde mit ihnen fertig und fühle mich im Übrigen gesund!

Wenn ich in den Spiegel meines Lebens blicke, entdecke ich Fehlentwicklungen, die ich, um beim Wort zu bleiben, für durchaus *gesichert* halte. Ich bin nicht etwa stolz darüber, aber ich stehe zu mir, weil mir daneben auch manches gelungen ist.

Ich passe wohl gut zu meinen Nächsten und bin einer der Ihren; denn Heilige leben vermutlich woanders!

Berlin, im Herbst 2014   Jürgen Hembd

Über Hobbies und Freizeit

01. Was hast Du früher in Deiner freien Zeit gemacht?

Lass mich mit dem Jahr 1955 beginnen! Da wurde ich nämlich konfirmiert und habe mindestens fünf Züge an meiner ersten und zugleich letzten Zigarette getan. Nachmittags stand vor der Wohnungstür im ersten lichtlosen Hinterhof in der Belziger Straße 50 ein junger Mann mit einer Pudelmütze über seinem dichten schwarzen Haarschopf vor mir und lud mich mit freundlichen Worten in seine Jungschar-Gruppe an der Kirchengemeinde Alt-Schöneberg ein. Es handelte sich um *Gundolf Herz*, der später evangelische Theologie studierte und Pfarrer der hiesigen Landeskirche wurde.

Wir sangen einmal wöchentlich Fahrtenlieder, fanden Freude an „bunten Abenden" im Anbau des Gemeindehauses, legten die Bibel aus, zelteten im Jagen 61 des Berliner Grunewaldes, gingen auf „Westwanderfahrt" – mit Kochgeschirr und Gitarre und Wimpel und einem *Affen* auf dem Rücken. Dies war ein rucksackähnliches Holzgestell, mit Pferdefell bezogen. Wir trugen damals graue Fahrtenhemden mit einem aufgenähten Ankerkreuz und verfolgten fasziniert, wie unsere Lederhosen unterwegs allmählich immer speckiger, sprich dreckiger, wurden. In jenen Tagen lernte ich *Erwin Edelmann* in Zeppenfeld (Kreis Siegen) kennen, der mich als seinen Gast beherbergte und mir zum Freund wurde.

Zwischen 1957 und 1961 leitete ich selbst – offenbar als „Naturtalent" – eine eigene Gruppe, die Gruppe *Artus*, und erinnere mich an Wanderfahrten in Schleswig-Holstein, im Bayerischen Wald und von Kassel aus bis in den Taunus hinüber. Hier beobachtete ich an mir, dass ich andere Jungen (gemischte Gruppen gab es erst in den 70er Jahren!) leiten und anleiten konnte, was mir Mut machte, später mit dem Ziel des Lehramtes zu studieren.

Von 1957 bis 1974 war ich außerdem Mitglied der Alt-Schöneberger Kantorei und sang dort im Bass.

Auf - Fahrt - gehen und *Im - Kirchenchor - singen* – diese beiden Aktivitäten haben mich damals in meiner Freizeit erfüllt. Übrigens singe ich *heute* wieder und immer noch in einem Kirchenchor, spiele die Tenorflöte in einem Blockflötenkreis und seit meiner Pensionierung im Jahre 2006 bin ich alle zwei Wochen mit „meiner" Senioren-Kultur-und-Wandergruppe unter dem Dach der evangelischen Kirchengemeinde Mariendorf unterwegs.

Die kirchliche Gemeinde und die Gemeinschaft an sich haben meinem Leben lange Zeit Halt und Inhalt gegeben und es farbenfroh gemacht!

02. Welche Musik hast Du früher gerne gehört?

Natürlich tönen mir immer noch viele Hits der 50er Jahre in den Ohren und ich könnte sie heute noch mitsummen oder mitpfeifen: *Die Gitarre und das*

Meer *(Freddy Quinn)*, *Am Tag, als der Regen kam (Dalida)*, *Banana Boat Song (Harry Belafonte)*, *River Kwai March (Mitch Miller)*, *Der lachende Vagabund (Fred Bertelmann)*, *La Paloma (Billy Vaughn)*, *Cindy, oh Cindy, Tiritomba (Margot Eskens)* *Tom Dooley (Die Nilsen Brothers)*, *Souvenirs, Souvenirs (Bill Ramsey)*, *Das hab ich in Paris gelernt (Chris Howland, Eventuell (Peter Alexander & Catarina Valente)*, *Morgen (Ivo Robič)*, oder *Steig in das Traumboot der Liebe (Club Indonesia)*.

Bitte glaube nicht, dass ich diese Titel und ihre Interpreten auf Anhieb aus dem Kopf gewusst hätte – aber wenn ich erst einmal auf die Spur gesetzt werde, dann sind sie mir durchaus gegenwärtig und vertraut.

Gleiches gilt auch für die Hits der folgenden Jahrzehnte, die stets nostalgische Erinnerungen in mir wecken. Gerührt bin ich, wenn ich heute die Interpreten von damals *in natura* sehe. Bin ich selbst gleichzeitig auch so stark gealtert? Muss wohl so sein!

In meinem Gedächtnis haften geblieben sind auch musikalische Werbespots wie beispielsweise *Möbel-Kunst, der wohnt, das weiß ich, Blücherstraße 32, dumdi-dumdi-dumdi-dumdi-dum.*

Nachdem wir 1968 geheiratet hatten, mussten Deine Oma und ich feststellen, dass es Möbel-Kunst offenbar zu jener Zeit schon lange nicht mehr gab. Wenn also stets und ständig dieselbe Werbung auf Dich herabprasselt, dann kommt es offenbar einer Gehirnwäsche gleich!

03. Welche Sänger waren damals populär? Bist Du auch mal zu einem Konzert gegangen?

Elvis Presley und den *Beatles* stand ich zum Erstaunen unserer Kinder ausgesprochen reserviert gegenüber. Allerdings habe ich später während meiner aktiven Dienstzeit oft stundenlang im Keller unserer Schule gesessen um Songs der *Beatles* musikkritisch auszuwerten und per Tonband aufzunehmen um sie im Englischunterricht bzw. im Sprachlabor einzusetzen. *Cat Stevens* war dabei und auch *Joan Baez*.

Die *Swingle Singers* haben mir damals gut gefallen.

Musiksendungen mit *Dieter Thomas Heck* habe ich oft gesehen und ich kann mich nach längerem Nachdenken leise an einzelne Hits jener Tage erinnern.

Ja, Deine Oma und ich haben später, sehr viel später, in der *Deutschlandhalle* und im *ICC* mit Vergnügen *Eros Ramazotti* und *Chris de Burgh, Howard Carpendale* und *David Hasselhoff* live erlebt.

1974 war ich mit Deiner hochschwangeren Oma zu den *Les Humphries Singers* in die *Deutschlandhalle* am Funkturm gefahren. Als das Publikum – nach unserem Verständnis jedoch völlig unmotiviert – zum Aufstehen aufgefordert wurde, blieben wir als Einzige in unserem Umkreis wie Spielverderber sitzen. Dieses Verhalten grenzte damals nahezu an gefühlte Zivilcourage.

Ich war und bin seit jeher stark auf geistliche und auf klassische Musik fixiert und höre sie regelmäßig im Autoradio.

Schon immer hatte ich mehr Freude daran, selbst zu musizieren als Musik lediglich zu konsumieren.

Ich habe noch nie zu jenen Menschen gehört, die sich in ihrer Begeisterung geradezu auf Bestellung hochschaukeln, hysterisch kreischen und johlen oder ohnmächtig werden.

Ich sammle keine Autogramme, wie dies zum Beispiel meine Mutter früher emsig getan hatte. Massenhysterie, bei der alle auf die Stühle steigen oder die Hände nach oben strecken sollen, ist mir zuwider. Ich kann einfach nicht auf Kommando Enthusiasmus zeigen oder Fröhlichkeit mimen!

Während siebzigtausend Fußballfans um mich herum ein Tor der deutschen Nationalmannschaft frenetisch bejubeln, würde ich still und nüchtern feststellen, dass der Ball wohl tatsächlich unhaltbar im Netz gelandet sein müsse.

Mit Karnevalsumzügen oder Prunksitzungen im Fernsehen kann ich überhaupt nichts anfangen.

Meine persönlichen Quellen des Frohsinns oder der Zufriedenheit liegen offenbar ganz woanders.

Vor einigen Jahren warst Du sprachlos verblüfft, als ich mich auf der Gitarre zu deutschen Volks- und Wanderliedern begleitet habe. Ich glaube, diese S(a)eite an mir hattest Du wirklich nicht erwartet. Du durftest entdecken, dass Dein Opa unvermutet aus sich herausgehen kann und großen Gefallen daran findet, Dinge selbst zu tun.

04. Was war Dein Lieblingsprogramm im Radio? Bist Du dafür manchmal extra zu Hause geblieben?

Im Jahre 2013 wurde ich mit unserer Senioren-Kultur-und-Wandergruppe durch das RIAS-Gebäude geführt und wir schwelgten in kollektiv empfundenen nostalgischen Gefühlen. Vom S-Bahnhof Innsbrucker Platz ist der Rundbau in der Kufsteiner Straße mit den großen Lettern auf dem Dach deutlich zu sehen. Als Radiosender war „unser" RIAS von 1946 bis 1992 zu hören, sofern sein Empfang in der Zeit des Kalten Krieges nicht wieder einmal von der DDR gestört wurde.

Gern habe ich als Kind im RIAS (= Rundfunk im amerikanischen Sektor) – *der freien Stimme der freien Welt* – sonntags um 10 Uhr die Sendung *Onkel Tobias* von und mit *Fritz Genschow* gehört. Sie wurde von 1947 bis 1972 ausgestrahlt.
Damals war's und *Es geschah in Berlin* haben mich als Hörspielserien in ihren Bann gezogen. Bei unserem Gebäuderundgang wurden wir auch in eines der ehemaligen Aufnahmestudios geführt und anhand einiger Beispiele in die Produktion bestimmter Hintergrundgeräusche eingeführt. Beim Hörspiel musstest Du wirklich aufmerksam zuhören; denn es gab ja nichts zu sehen! Sicherlich ist damals mehr in meinem Gedächtnis haften geblieben als heute bei Fernsehfilmen, weil durch die Bildfolgen ein großes Distraktionsvermögen von uns abverlangt wird. Wir müssen uns nämlich

zugleich auf *mehrere* Quellen der Information konzentrieren. Bei mir selbst geht dies stets zu Lasten des inhaltlichen Erinnerns. Oft habe ich schon nach kürzester Zeit die meisten Namen der handelnden Personen vergessen.

Die Insulaner von *Günter Neumann* gehörten zu meinem geliebten Standardprogramm, weil sie in kabarettistischer Weise die Zustände jenseits des Eisernen Vorhangs auf die Schippe nahmen und uns West-Berlinern inmitten des „Roten Meeres" nicht nur Mut machten, sondern uns auch halfen, emotionalen Dampf abzulassen. Ich kann nämlich nicht sagen, dass mich *Chrustschows* Berlin-Ultimaten und die anhaltenden offenen und latenten östlichen Drohgebärden völlig kalt gelassen hätten. Namhafte Firmen verlegten Ende der 50er Jahre ihre Firmensitze vorsorglich nach Westdeutschland und trockneten ihre Konten bei West-Berliner Banken aus. Diese Vorgänge waren keineswegs ermutigend und wenig umsatzsteigernd und den „pfiffigen" Vorschlag, Berlin in der Lüneburger Heide einfach neu zu gründen, fand ich wirklich nicht lustig! Der Kalte Krieg war überhaupt nicht *cool,* hat mich misstrauisch und wachsam gemacht und mein Bild gen Osten wohl bis heute sehr getrübt!

Ich erinnere mich noch an *Ernst Reuters* wöchentliche Sendung *Wo uns der Schuh drückt!* Seine durchdringende Stimme und sein Gespür für die Nöte der Menschen gingen uns ganz nahe! Die kollektiv empfundene äußere Bedrohung hat stark zur Solidarisierung der West-Berliner und zu deren innerem Zusammenhalt geführt.

Wir sprechen uns wieder, in einer Woche wie immer - gleiche Zeit, gleiche Stelle, gleiche Welle. Ihr Friedrich Luft.

Seine *Stimme der Kritik* habe ich oft gehört.

Sonntags um 12 Uhr übertrug der Sender ab 1950 das Geläute der Freiheitsglocke aus dem Rathaus Schöneberg. Das Freiheitsgelöbnis ging uns damals durch Mark und Bein:

Ich glaube an die Unantastbarkeit und an die Würde jedes einzelnen Menschen. Ich glaube, dass allen Menschen von Gott das gleiche Recht auf Freiheit gegeben wurde. Ich verspreche, jedem Angriff auf die Freiheit und der Tyrannei Widerstand zu leisten, wo auch immer sie auftreten mögen.

Ein zeitloser Text, wie ich meine, der meiner inneren Trägheit entgegen wirkt und mich dazu anhält, Farbe zu bekennen!

Meine Erste Staatsexamensarbeit habe ich 1970 über *die Lehre vom Gesellschafts- und Herrschaftsvertrag bei Hobbes, Locke und Rousseau* geschrieben. Vielleicht hat dabei dieses Freiheitsgelöbnis in meinem Unterbewusstsein Pate gestanden – wer weiß...

Wer kannte nicht das RIAS-Tanzorchester unter der Leitung von *Werner Müller*? Wem haben sich nicht – um wenigstens einige Namen zu nennen – die Stimmen von *Jürgen Graf, John Hendrick, Fred Ignor, Lord Knud* oder *Hans Rosenthal* eingeprägt?

In der Alt-Schöneberger Kantorei sangen wir oft unter Begleitung von Mitgliedern des *RSO* oder engagierter Sänger des *RIAS-Kammerchores.*

Für die DDR-Regierung gehörte der RIAS zum besonderen Feindbild und wir West-Berliner wussten ebenfalls sehr genau, wo *unser* Feind stand!

Als Deine Mum ein Teenager war, haben wir in den späten 80er Jahren bis zur Wende oft gemeinsam die *Schlager der Woche* gehört, aber da war ich ja schon Ende dreißig!

Radio höre ich heute eigentlich nur noch beim Autofahren und dann meist *Radio Klassik.* Zu Hause kaum – aber dafür schalte ich abends gern den Fernseher ein (Du kennst ja meine Vorliebe für Liebesfilme und Sehnsuchtsgeschichten) und verkrieche mich zum krönenden Abschluss des Tages gern unter meinen Kopfhörern, wo mich niemand mehr stören darf!

05. Kannst Du Dich erinnern, wann Ihr den ersten Fernseher bekommen habt? Was war es für einer?

Ich kann mich wirklich nicht mehr daran erinnern, wann sich meine Eltern in der Heilbronner Straße 29 ihren ersten Fernseher kauften. Es wird wohl in den 60er Jahren gewesen sein. Herr *Wölfling*, ihr Fernsehmechaniker aus Moabit, hatte ihnen das erste Gerät besorgt, aufgestellt und mehrfach für sie gewartet.
Mein Vater verfolgte gebannt Sportsendungen: vor allem Fußball und Tennis. Meine Eltern sahen gern

die großen Samstagabend-Familiensendungen wie zum Beispiel *Einer wird gewinnen* mit *Hans-Joachim Kulenkampff*. Diese Sendung lief ab 1964 und war damals ein Straßenfeger!

Deine Oma und Dein Opa (also ich) besaßen nach ihrer Hochzeit im Jahre 1968 zunächst einige schwarz-weiß-Fernseher als Erbstücke. Ich glaube, unseren ersten Röhren-Farbfernseher haben wir 1982 gekauft und der hat sich bei uns im Nebelhornweg mehrere Jahrzehnte lang sehr wohl gefühlt und mit ihm konnten wir regelmäßig die damals beliebte *Schwarzwaldklinik* oder die tschechische Serie *Das Krankenhaus am Rande der Stadt verfolgen.*

Für meine unbarmherzig an den Rollstuhl gefesselte Großmutter mütterlicherseits war das Fernsehen schlechthin das Tor zur Welt und wenn wir sie sonntags immer wieder einmal in Spandau besuchten, sah sie am liebsten am frühen Abend gemeinsam mit uns die amerikanische Serie *Bonanza.*

Dieses Fernseherlebnis brachte ihre Seele zum Schwingen und am Ende stimmte ihre Welt wieder!

Meine ersten drei Lebensjahrzehnte wurden jedoch vornehmlich durch das Radio geprägt!

Nach 20 Uhr sollte auch noch heute besser niemand mehr mit mir telefonieren wollen; denn seit langem gehört es zu meinem täglichen Ritual, den Tag im Anschluss an die Negativschlagzeilen der *Tagesschau* versöhnlich mit einer ausgewählten Fernsehsendung ausklingen zu lassen – und dies sind zumeist Filme, die mir *nicht* den Schlaf rauben!

06. Was waren früher Deine Lieblingsbücher? Welche sind es heute?

Als Kind habe ich gern von meinem Taschengeld gekaufte Zeichentrick-Hefte verschlungen: *Donald Duck* und *Micky Maus, Ivanhoe* und *Robin Hood.*

Seit 1955 bin ich Mitglied eines Buchclubs, über den ich in jedem Quartal Lesestoff beziehen muss. Dazu gehörten früher Bücher von *Erich Kästner: Emil und die Detektive, Das fliegende Klassenzimmer.* Oder *Die Heiden von Kummerow* aus der Feder von *Ehm Welk.* Später las ich fasziniert *Und die Bibel hat doch Recht* von *Ceram* und hin und wieder einmal *Karl May.*

Während meines Abendabiturs musste ich mich mit den deutschen Klassikern und Romantikern befassen, aber von dieser Pflichtlektüre im Schnelldurchlauf ist nicht viel bei mir hängen geblieben.

In der Zeit des Studiums der englischsprachigen Literatur begeisterten mich vor allem die Werke des amerikanischen Schriftstellers *Thornton Wilder,* zu denen unter anderem *Our Town* und *The Ides of March* gehörten.

Shakespeare wiederum war Pflicht.

George Orwell mochte ich.

Aber – lag ich je im Mainstream?

Bei vielen meiner Bücher aus der Studienzeit wirst Du sehen, dass ich *an* ihnen und *mit* ihnen gearbeitet habe. Oft waren es im Rahmen meines *Studiums Generale* philosophische, pädagogische oder psychologische Sachbücher. Wie intensiv habe ich am Dialog *Protagoras* von *Platon* gekaut oder an Schriften von *Aristoteles*! *Marc Aurel* und *Seneca* haben mich als Stoiker angesprochen.

Sehr ausgiebig habe ich mich einige Monate lang mit Parapsychologie befasst. Als ich einmal ein einschlägiges Werk bei der vormaligen Buchhandlung *Elwert & Meurer* am *Innsbrucker Platz* kaufte, sagte mir einer der Buchverkäufer ein wenig spöttisch: *„Parapsychologie steht bei uns unter Q wie Quatsch!"* Mit dieser Aussage konnte ich allerdings durchaus leben.

Nach 1970 habe ich vor allem *Theodor Fontane* studiert und mir viel Zeit und Geduld für *Thomas Mann* genommen.

Horst Krüger fand ich geistreich und unterhaltsam.

Phasenweise habe ich mich mit in West-Berlin erhältlicher DDR-Literatur befasst. *Stefan Heym* hat mich beeindruckt, aber angesichts des Kalten Krieges hatte ich beim Lesen jener Literatur *von drüben* oft einen faden Geschmack auf der Zunge, weil ich das geschriebene Wort immer erst ideologisch entkernen musste. Vom heutigen Standpunkt aus erscheint mir vieles von dem, was da einstmals den Lesern in vorauseilendem Gehorsam zugemutet wurde, geradezu grotesk. Wie nachhaltig wirkte diese Literatur eigentlich?

In England eher weniger bekannt, hat es *Rosamunde Pilcher* durch die Verfilmungen ihrer Werke in Deutschland zu einiger Popularität gebracht. Sie schreibt ein für meine Gefühle eingängiges Englisch und ich habe manche ihrer Texte in Klausuren und sogar im Abitur meiner Kandidaten verwendet! Mehrmals habe ich mit meinen Schülern *To Kill a Mockingbird* von Harper *Lee* und die *Love Story* von *Erich Segal* gelesen und war jedes Mal aufs Neue innerlich bewegt. Ach, wäre es mir doch je gelungen, ein Mensch zu werden von der inneren Größe des *Atticus*, wie er von Harper Lee portraitiert worden war!

Wie sehr war ich angetan von der schlagfertigen *Jenny* in der *Love Story*!

Zeitweise gern gelesen habe ich Werke der irischen Schriftstellerin *Maeve Binchy*.

Während meiner 36-jährigen Tätigkeit als Gymnasiallehrer war ich ständig auf der Suche nach für den Unterricht Verwertbarem – sei es nun im Englischunterricht oder in Politischer Weltkunde!

Dabei bin ich auf die autobiografischen Schriften von *Carlo Schmid* und *George F. Kennan* gestoßen und habe sie schätzen gelernt.

Deine Oma hat in ihrer Sammelleidenschaft oft mit sicherem Gespür Bücher für mich gekauft, die ich gelesen, erarbeitet und verwendet habe.

(Darf ich Dir einmal ganz ehrlich etwas zuflüstern? Ich lese seit langem gern Pop-Literatur, Abteilung Liebesromane.)

Leider ergeht es mir mit dem Lesen genauso wie mit Theater- oder Konzertbesuchen. Manchmal bin ich nämlich pro Woche bis zu fünfmal in Sachen Musik unterwegs. Da bleibt nur wenig Zeit übrig!

Seit 1990 schreibe ich regelmäßig Poesie und Prosa und habe seit 2006 mehrere eigene Bücher unterschiedlichen Umfanges veröffentlicht.

Am liebsten verbringe ich Zeit mit Freunden und liebe das Gespräch oder das gemeinsame Erleben unterwegs!

Wann also soll ich in Ruhe lesen?

Früher hätte ich dazu gesagt: *Ich werde es tun, wenn ich später einmal groß bin* - bin ich's schon?

07.   Hast Du Sport getrieben? Warst Du Mitglied in einem Sportverein?

Solange ich schulpflichtig war, konnte ich dem Schulsport nicht entgehen. Um dem fordernden Drängen meines Vaters Genüge zu tun und aus mir einen Mann zu machen, war ich als Jugendlicher einige Jahre lang Mitglied des *SSV*, des Schöneberger Schwimmvereins, aber es war mir nicht klar zu machen, weshalb ich die öden Runden im Wasser drehen und am Ende um Bruchteile einer Sekunde schneller sein sollte als zu Beginn der Übung. Ich habe nämlich noch nie zum Leistungssportler getaugt!

Am Judokurs bei *Erich Rahn* in der Schöneberger Hauptstraße fand ich nur mittelmäßigen Gefallen, weil ich andere Menschen nicht gern anfasse und zu Fall bringe und schon gar nicht würgen möchte.

Ich empfinde keine Freude daran, wenn andere Menschen gegen mich in irgendeiner Disziplin verlieren. Mir fehlt sozusagen der auf Sieg getrimmte Kampfgeist. Deshalb bin ich Anfang der 70er Jahre auch aus der Lehrer-Volleyball-Mannschaft hinausgekantet worden, weil ich mich für die verbissen kämpfende gegnerische Mannschaft freuen konnte, wenn dieser eine gute Kombination zum Nachteil meiner eigenen Mannschaft gelungen war.

Meine heutigen Nachbarn beobachten, dass ich oft zu Fuß unterwegs bin oder mit dem Rad fahre. Ich treibe regelmäßig Frühsport und schwimme bei passender Gelegenheit nie weniger als tausend Meter. Meine Kniegelenke beginnen zu schmerzen, wenn ich jogge, aber das Wandern bekommt ihnen sehr gut. Bisher bin ich stets dort angekommen, wo ich hin wollte - meinem eigenen Rhythmus gemäß und ohne aufs Tempo zu drücken.

08. Was ist Dein Lieblings-Fußballverein? Und welche Fußballmeisterschaft wirst Du nie vergessen?

Ich habe ein völlig gestörtes Verhältnis zum modernen professionellen Fußballgeschäft und oft den Eindruck, dass Fußballvereine im Zuge der globalen Entwicklung mit Hilfe teurer Transfers einfach spielen „lassen".
In meinem Kollegium von hundert Personen gab es lediglich eine Handvoll gebürtiger Berliner. Wir waren also eine „bunte Truppe" ohne spezifischen Lokalpatriotismus. Geht es da einem x-beliebigen Fußballverein heutzutage etwa anders?
Es ist mir rätselhaft, wie ein Bundesliga-Spieler nach seinem Transfer heute voller Freude und Enthusiasmus heißhungrig gegen seine gestrigen Vereinskameraden siegen will. Ebenso wenig kann ich mir erklären, wie sich ein Fußballer von Woche zu Woche und von Jahr zu Jahr punktgenau derart stark motivieren kann, dass er unbedingt gewinnen will, ständig sein Bestes gibt und selbstverliebt

Kabolz schießt oder Luftsprünge macht. Das kommt mir vor wie eine bühnenreife Verstellung. Nein, ich habe keinen Lieblingsverein.

Im Jahre 1974 wurde Deine Mama geboren. Als ich mich vor dem Fernseher niederließ um das damalige WM-Endspiel zu verfolgen, klingelte es an der Wohnungstür und Omas Musiklehrerin stattete uns einen unverhofften Besuch ab, weil sie unsere neugeborene Tochter in Augenschein nehmen und angesichts des langen Weges auch so schnell nicht wieder gehen wollte. Innerlich zähneknirschend stellte ich aus Höflichkeit den Fernseher aus und war - was sonst eher selten in meinem Leben vorgekommen ist - ernsthaft frustriert!

Deine Oma und ich haben einmal einen Flötenchor an den Edersee begleitet. Anlässlich der Lager-Fußballmeisterschaft mussten wir in gegnerischen Mannschaften antreten. Noch heute tut es mir Leid, dass ich im Eifer des Gefechtes Oma einen Ball abgefummelt habe und sie hat es mir nie verziehen, dass ich ihr als Gentleman den Ball nicht großzügig überlassen habe.

Glaube mir, ich habe Deine Oma immer innig geliebt und wollte ihr niemals wehtun – aber Spiel ist Spiel!

09. Wer ist Deiner Meinung nach der beste Sportler aller Zeiten? Warum?

Schon mehrmals habe ich in Deinen Fragestellungen den Gebrauch des Superlativs bemängelt, weil er keine Entwicklungen und

Steigerungen mehr zulässt. Außerdem sind mir alle Formen des Ranking zuwider! Der Superlativ duldet keine Konkurrenz neben sich und fragt selten nach den Bewertungskriterien. Ich werde mich also hüten, nun jemandes Namen zu nennen!

Ich kann nur sagen, dass ich früher viel zu feige gewesen bin um den Stabhochsprung zu wagen oder beim Turmspringen anzutreten und unfähig einen Zehnkampf zu bestehen. Ich empfinde daher einen kritischen Respekt vor Sportlern, die Hochleistungen vollbringen und dabei viel riskieren.

Was macht denn einen guten Sportler aus?

Ich denke, es sind zum Beispiel klare Zielvorgaben, Kampfgeist, Körperbeherrschung, Ausdauer und Fairplay.

Als ich Anfang der 70er Jahre Referendar war, lernte ich einen Schüler kennen, der damals seine körperlichen Bewegungen nicht koordinieren und daher weder irgendeine altersgemäße Schnelligkeit noch Höhe oder Weite erreichen konnte. Er wusste um sein Handicap, aber er stellte sich beherzt allen Herausforderungen. Niemand hätte es je gewagt, sich über ihn zu mokieren oder gar zu lachen! Seine Leistungen waren - objektiv gesehen - ungenügend, aber aufgrund eines Erlasses der Senats-Schulverwaltung konnten sie noch mit *ausreichend* bewertet werden, weil er seinen guten Willen unter Beweis gestellt hatte. Er hätte gegen niemanden siegen können, aber er war stets dabei und rang um kleine persönliche Erfolge.

Von *Pavo Nurmi* habe ich gehört, dass er angesichts fehlender Gegner gegen seine eigene Uhr gelaufen sei.

Ich glaube, die Haltung, sich immer neue Ziele zu stecken und sich selbst im Rahmen individueller Grenzen herauszufordern, würde ich als sportlich empfinden und sie würde mir behagen.

10. Hast Du viel Zeit mit Heimwerken verbracht?
Was war Dein größtes Heimwerkerprojekt?

Als Jugendlicher habe ich gern mit Holz gearbeitet und habe großen Gefallen an Laubsägearbeiten gefunden. Besonders stolz war ich auf mein erstes eigenes Bücherregal mit einem verschließbaren Fach. Verschließbar? Nein, ich glaube, es handelte sich damals um eine Magnettür.
Mein Vater war in seinem zweiten Beruf Polsterer und Tapezierer geworden. Er hat mir beigebracht, wie man Türen, Fensterrahmen und Heizkörper streicht (immer von unten nach oben) und Tapeten auf Stoss klebt. Renovierungsarbeiten mit Farbe und Tapeten haben mir gelegen und konnten sich zuweilen sehen lassen.

11. Erinnerst Du Dich noch an Dein erstes Auto?
Was für eines war es und wie viel hat es gekostet?

1970 habe ich (leider erst im zweiten Anlauf) meine Führerscheinprüfung bestanden; da war ich für heutige Verhältnisse mit 29 Jahren schon ziemlich alt.

Mein erstes Auto war ein gebrauchter beigefarbener 1200er VW-Käfer mit dem Kennzeichen B - RJ 528. Ich erinnere mich nicht mehr genau an den Preis, aber es könnten DM 1.200,00 gewesen sein, so ungefähr ein Viertel des damaligen Neupreises.

Als ich ihn bei *Auto-Eicke*, meiner ehemaligen Fahrschule *Unter den Eichen*, abholte, habe ich den Weg von dort zur *Mellener Straße* in Lichtenrade in meiner Verzweiflung als Schleifenfahrt bewältigt. Das heißt, ich habe aus jeder für mich anfangs schwierigen Linkskurve mehrere Rechtskurven gemacht, bis ich die nächste Hauptstraße geradeaus erwischte. Es macht schon einen Unterschied, ob Dein Fahrlehrer helfend neben Dir sitzt oder ob Du plötzlich auf Dich allein gestellt bist und in eigener Verantwortung alle Risiken tragen musst!

12. Wenn Du abends ausgegangen bist, was hast Du dann unternommen?

Gelegentlich bin ich als Jugendlicher ins **Kino** gegangen, vor allem in die *Filmbühne Sylvia* in der Schöneberger Hauptstraße. Ich habe gern Zeichentrickfilme von *Walt Disney* gesehen, aber auch die Herz-Schmerz-Geschichten rund um *Sissi*. *Errol Flynn, Lex Barker* oder *John Wayne* kannte ich aus meinen Kinobesuchen im *Luna* oder im *Colonna* unweit des Kaiser-Wilhelm-Platzes - ebenfalls in Schöneberg. In viele unserer ehemaligen Kinos sind schon vor langer Zeit Supermärkte eingezogen.

In meiner Studentenzeit ab 1960 war ich des Öfteren im **Theater**, vor allem im *Schiller-Theater* unweit des Ernst-Reuter-Platzes. Ich erinnere mich lebhaft an das darstellerische Können von Schauspielern wie *Walter Franck, Rolf Henniger* oder *Erich Schellow.*

Als Mitglied eines Theaterclubs sind wir später gelegentlich auch in Privattheater gegangen.

Gern war ich bei **Konzertveranstaltungen,** sei es nun im *Konzertsaal der Hochschule für Musik* in der Hardenbergstraße oder später in der Philharmonie. Oft waren es anfangs Veranstaltungen für Schüler im Rahmen des Theaters für Schulen.

Die **Oper** haben Deine Oma und ich auch hin und wieder besucht, aber wir sind nie Opernfans gewesen!

Sicherlich erwartest Du von mir das Bekenntnis, ich sei oft durch Kneipen gezogen. Fehlanzeige!

Mit Deiner Oma war ich vermutlich Ende der 60er Jahre *einmal* in der *Eierschale* - aber damit war mein Disco-Bedarf eigentlich gedeckt.

Ich würde mich seit jeher als einen eher häuslichen Typ bezeichnen, der sich auch ohne lärmende Außeneindrücke stets sinnvoll zu beschäftigen glaubte. Auf unseren Wanderungen kehre ich heutzutage mit „meinen" Senioren ausgesprochen gerne ein; aber da ich es selten irgendwo mehr als drei Stunden am Stück aushalte, mache ich mich meistens wieder schnell aus dem Staube.

13. Gab es eine bestimmte Uhrzeit, zu der Du wieder zu Hause sein musstest?

Soweit ich mich erinnern kann, genügte es meinen Eltern damals immer, wenn ich ihnen sagte, wo ich sei und wie lange ungefähr. Meistens waren es anfangs Veranstaltungen in der vorerwähnten evangelischen Kirchengemeinde Alt-Schöneberg. Dort war ich im Chor.
Dort war ich Jugendgruppenleiter. Meine Eltern wussten, dass sie mir vertrauen konnten und dass ich mich nie von ihnen maßregeln lassen würde.
Als ich gerade noch 15 war, begann meine Lehrzeit bei der Bank und ich musste hart arbeiten, um zum Beispiel die spröden Grundregeln der doppelten Buchführung zu verstehen.
Als ich 18 war, begann meine Abendschule, die mich von Montag bis Freitag und übers Wochenende bis hin zur externen Abiturprüfung gesundheitsschädigend beschäftigte.
Mit 22 wurde ich Student an der FU Berlin und schlug mich semesterlang mit dem Erlernen der lateinischen Sprache herum. Einerseits war ich oft erst spät zu Hause, andererseits war ich froh, endlich wieder zu Hause zu sein!

14. Weißt Du noch, welchen Kinofilm Du als erstes im Kino gesehen hast?

Nein - aber es könnte *Bambi* gewesen sein.

15. Wann hast Du Deine erste Urlaubsreise unternommen? Wohin ging sie?

Irgendwie bin ich von Anfang an allermeistens höchst individuell unterwegs gewesen. Als ich 14 war, bin ich für zehn D-Mark im Führerhaus eines Milchtankwagens der Firma *Bolle* für drei Wochen auf ein Bauerngehöft nach *Dorfmark* bei Fallingbostel gefahren. In den folgenden Jahren waren es so genannte *Westwanderfahrten*, die mich ins Sauerland, in den Bayerischen Wald oder nach Schleswig-Holstein führten. In allen Fällen handelte es sich um *Ferienfahrten*.

16... Wann bist Du das erste Mal ins Ausland gereist?

Das war **1961**. Beginnend in *Aachen*, durchquerten wir als achtköpfige Jungengruppe per Fahrrad die Niederlande und erkundeten jenseits des Kanals die Südküste Englands. Bis zum heutigen Tag plagt mich jedoch ein schlechtes Gewissen: im ersten Morgengrauen nämlich entdeckten wir auf unserer Fahrt zur Kanalküste in einem frei zugänglichen Vorgarten an einem Baum köstliche Mirabellen. Unaufhörlich pirschten wir dort hin.
Nein, ich schäme mich zu sehr, um diese Geschichte wahrheitsgetreu in allen Einzelheiten weiter zu erzählen.

In English Bicknor, am Fuße von Wales, rief uns ein zahnloser Alter von gegenüber mehrmals zu, *Hitler sei ein schlechter Mensch* gewesen. Er hatte unsere Nationalität ausgemacht und uns schlicht und einfach in Kollektivhaftung genommen!

Auf unserer Rückfahrt las ich am 13. August in Amsterdam an einem Zeitungskiosk die letzten Neuigkeiten über den begonnenen Mauerbau und wir fragten uns beklommen, ob wir das uns vertraute West-Berlin und unsere Eltern je wieder sehen würden.

Über Lebensweisheiten und wichtige Erfahrungen

17. Welche Momente Deines Lebens würdest Du gerne noch einmal erleben?

In den achtziger Jahren hatte ich ein freundschaftliches Gespräch mit Herrn *Dr. Jürgen Helmert*, meinem ersten Schulleiter an der *Werner-von-Siemens-Oberschule*. Auch er war einer meiner geistigen Väter. Nach meiner Pensionierung, so eröffnete ich ihm, würde ich noch einmal an alle jene Orte zurückkehren, an denen ich mich vormals wohlgefühlt hätte. Er riet mir jedoch dringend davon ab, weil sich vermutlich überall die äußeren Bedingungen geändert haben dürften; weil die Menschen von damals nicht mehr vorhanden bzw.

dieselben seien und weil ich mich selbst verändert haben würde. Alles habe eben seine Zeit.

Ich möchte daher Deine Frage umformulieren:

An welche Momente Deines Lebens erinnerst Du Dich besonders gern?

-an den Tag, an dem ich 1960 mein externes Abitur bestanden hatte, obwohl ich kaum wusste, mit wem ich damals meine Freude teilen sollte.

-an den Julitag im Jahre 1963, als ich in Dortmund Deine Oma kennen lernte.

-an den Moment, an dem ich 1970 beim zweiten Anlauf wider Erwarten doch noch meine Fahrprüfung bestanden habe und überglücklich war.

-an die Tage, an denen unsere Kinder geboren wurden.

-an den Tag des Mauerfalls.

-an das Konzert, in dem unser Kirchenchor vor Jahren in Mariendorf *Ein deutsches Requiem* von *Johannes Brahms* aufführte und meine Seele von Wort und Musik zutiefst bewegt war.

Es waren meistens jene Glücksmomente, ich denen ich mich reich beschenkt fühlte.

18. Welche drei Dinge sind besonders wichtig für Dich?

Hin und wieder gehe ich zu Fuß zum U-Bahnhof *Alt-Mariendorf* und in der wärmeren Jahreszeit komme ich manchmal zu morgendlicher Stunde an einer bestimmten Stelle vor dem Heidefriedhof an einem verhüllten und auf einer Parkbank schlafenden Obdachlosen vorbei, der seine gesamte Habe in einigen Plastikbeuteln mit sich herumschleppt. Vielleicht würde er mir das rührende Lied von der selbstgewählten großen Freiheit singen, aber ich würde ihm nur wenig Glauben schenken, weil niemand von uns wirklich autark, sondern stets in irgendeiner Weise auf die Anderen angewiesen ist!

Nein – ich sehne mich nach meinen eigenen vier Wänden, nach meinem gewohnten **Zuhause** hier in meiner Heimatstadt Berlin, wo ich geborgen leben und meine Familie, Freunde und Gäste einladen, bewirten und auch beherbergen kann. Ich brauche meinen höchstpersönlichen Ankerplatz.

Als Jugendlicher habe ich oft gezeltet, aber diese altersbedingte Romantik ist längst vorbei!

Ich fliege zwar gern einmal aus, aber ich komme ebenso gern wieder heim!

Zu den drei christlichen Kardinaltugenden gehören Glaube, Liebe und Hoffnung. Selbst wenn diese Welt absurd sein sollte und mich Menschen, die *ich* einmal liebte, zutiefst durch ihre Lieblosigkeit verletzt haben, so bleibt mir doch noch die **Hoffnung** in Bezug auf meine Mitmenschen und die Zukunft an sich als eine prinzipielle Grundeinstellung zum Leben erhalten. Ja – sie ist auf das Morgen gerichtet, lässt mich immer noch nach vorne schauen und braucht meinen ganzen Optimismus als Wegbegleiter.

Unlängst wurde im Fernsehen in einer Sendereihe der ARD das Wort *Glück* thematisiert. Mir erscheint dieser Begriff sehr fremdbestimmt und schicksalhaft. Glück wird Dir zuteil oder es fehlt Dir. Natürlich sagen wir oft „Glück gehabt", wenn im Straßenverkehr ein Anderer für uns aufgepasst hat. Eine gute Prise *Fortune* wäre natürlich generell für niemanden schlecht, aber ich möchte den Glücksbegriff gern durch den der **Zufriedenheit** ergänzen; denn an meiner persönlichen Zufriedenheit kann ich wenigstens zielgerichtet arbeiten. Ich bin zum Beispiel zufrieden, wenn ich zu meiner Gesundheit aktiv beitragen kann oder wenn ich nicht jeden ehrlich erworbenen Cent umzudrehen brauche. Ich bin zufrieden, wenn ich mit lieben Menschen Zeit verbringen und mich für die Anderen einbringen kann. Ich bin zufrieden, wenn Deine Oma an meiner Hand sicher gehen kann und sich in meiner Obhut geborgen fühlt. Ich bin zufrieden, wenn mich nicht ständig mein Gewissen plagt und ich mit mir im Reinen bin; wenn ich (in philosophischem Sinne) jeden Tag fragen und staunen darf. Ich bin zutiefst zufrieden und stolz, wenn *Dir* nach zahlreichen Fehlversuchen mein selbstgebackener Hefekuchen schließlich doch noch schmeckt und Du meine Kochkünste lobst.

Ich bin zufrieden, wenn mir das einfache Leben genügt!

19. Welche Träume, die Du früher hattest, sind in Erfüllung gegangen?

Im Jahre 1973 wurde ich meinem ersten Abiturjahrgang als Prüfer vorgesetzt. Es handelte sich um eine junge Dame und vierzehn junge Herren! Ich fragte die Schüler damals als ihr Fachlehrer interessehalber nach ihren mittelfristigen Lebenszielen und die Herren der Schöpfung mit ihren Beatlemähnen waren sich in folgenden vier Zielen unisono einig: erstens wünschten sie sich eine *gesicherte berufliche Position*; zweitens ein *Häuschen mit Garten*; drittens eine *Klassefrau* und viertens *zwei Kinder*.

Im ersten Augenblick musste ich innerlich still lächeln; denn so viel Harmoniestreben hatte ich angesichts der kaum vergangenen heißen 68er Tage nicht einmal in Zehlendorf erwartet. Andererseits musste ich mich mit diesen Wünschen irgendwie solidarisch erklären; denn sie waren auch die meinigen und sie sollten in meinem Leben trotz gewisser Abstriche in Erfüllung gehen.

Menschen haben ganz unterschiedliche Träume, je nachdem, wie alt sie sind, welche Erfahrungen sie gemacht haben, unter welchen Umständen sie leben bzw. mit welchem Schicksal sie konfrontiert sind. Träume sind situationsgebunden.

Vor der Wende bin ich mit Deiner Oma oft an der Mauer in Lichtenrade entlang spaziert. Wie sehr hatte ich mir damals gewünscht, *einmal* im Leben möglichst außerhalb des *Autobahnringes* rund um Berlin zu wandern! Wie sehr hatte ich mich danach gesehnt, den östlichen Teil Deutschlands angstfrei zu erkunden! Diese Wünsche sind am Ende völlig unerwartet Erfüllung gegangen und haben mein Leben überaus bereichert!

Richard von Weizsäcker hatte vor dem Mauerfall sinngemäß gesagt: *Die deutsche Frage ist so lange offen wie das Brandenburger Tor zu ist.*

Mit anderen Worten: Hoffnungslosigkeit ist niemals eine Option! Aufgeben zählt nicht!

Ich selbst habe immer noch Wunschträume, die sich allerdings oft sehr leicht erfüllen lassen, weil ich nicht mehr nach den Sternen zu greifen brauche.

Ohne Wünsche, so glaube ich, wäre ich jedoch ein Mensch von gestern und arm dran!

Leider hast Du mich nicht gefragt, welche meiner Träume *nicht* in Erfüllung gegangen seien.

Nun, in jungen Jahren wollte ich unbedingt das Orgelspiel erlernen, aber ich musste nach zehn Jahren konzentrierten und zeitaufwendigen Übens die traurige Erfahrung machen, dass ich nicht einmal zur Vorstufe, nämlich zum Klavier, eine Affinität besitze, weil meine Hände und mein Gehirn mit dem Notenwirrwarr einfach nicht klarkommen. Also - unser Leben ist (um es mit einer Binsenweisheit zu sagen) offenbar wirklich kein Wunschprogramm!

20. Gibt es Entscheidungen in Deinem Leben, die Du bedauert hast?

Ja, wir hätten 1961 die Mirabellen in Holland (wie oben berichtet) *nicht* stiebitzen dürfen; denn das ließ sich nicht einmal mit *Mundraub* entschuldigen und diente auch nicht der Völkerverständigung! Hoffentlich hat uns niemand gesehen!

Ja, wir hätten auf einer anderen Wanderfahrt in *Westdeutschland* (so sagte man damals) nicht im knochentrockenen knisternden Gehölz unter meiner Verantwortung unseren Spirituskocher anzünden und um ein Haar den ganzen Wald abfackeln dürfen!

Ja, ich hätte früher meinen Jähzorn besser zügeln sollen und, und...!

Sicherlich gelingt es uns nicht immer, alle möglichen Folgen unseres alltäglichen Handelns im Voraus zu bedenken, aber wir können uns ja zumindest im vorausschauenden *Denken* schulen um damit Risiken und individuelle Schuld zu minimieren.

Die großen Weichenstellungen in meinem Leben, die mit meinen Wunschträumen einhergingen, habe ich nicht bedauert und nie gefragt: *Was wäre geschehen, wenn.*

Ein Dasein im Konjunktiv ist ja schlechterdings nicht möglich. Entscheidungen müssen immer *in* der Zeit gefällt und *aus* der Zeit heraus verstanden werden. Es ist doch klar, dass wir hinterher immer eine andere Optik haben!

Unser Leben kann sehr schön sein - aber auch ganz schön riskant! (Noch eine Binsenweisheit!)

21. Welche Ereignisse oder Momente in Deinem Leben waren schwierig für Dich?

Weißt Du, ich würde mich als einen eher vorsichtigen Menschen beschreiben, als einen, der sich in der Regel defensiv verhält, aufmerksam seine Umwelt beobachtet, Risiken scheut und Gefahrenzonen meidet. Nie wäre aus mir ein Rennfahrer, ein Drachenflieger oder ein Skispringer geworden!

Ich gehe stets mit einem Plan an bestimmte Aufgaben oder Herausforderungen heran. Ich traue mir mal viel, mal wenig zu und lote sorgsam meine Grenzen aus. Handle ich je spontan?

Mein Fahrlehrer erklärte mir einmal, ein guter Autofahrer zeichne sich dadurch aus, dass er intuitiv erfasse, wie sich sein Mit- und Gegenverkehr im nächsten Augenblick vermutlich verhalten würde. Ich nehme gern lautlos Randpositionen ein und beobachte einfach nur.

Als Mentor habe ich „meinen" Referendaren stets gesagt, es sei gut für sie, zu wissen, wie *jene* Menschen, von denen sie in großem Maße abhängig seien (also ihre Seminarleiter), „ticken".

Nun ist unser Leben einerseits *eigen*-, andererseits *fremdbestimmt* und wir können trotz allen vorausschauenden Denkens keineswegs alles ahnen und im Griff haben!

Im Sommer 2011 musste ich in unserem Sommerquartier in Hopferau, nur mit einem Handy „bewaffnet", binnen weniger Minuten in Gesprächen mit dem sozialen Dienst des *Wenckebach-*

Krankenhauses in Berlin entscheiden, wo wir für Deine Oma nach ihrer unerwarteten plötzlichen Entlassung angesichts der Diagnose ihrer Erkrankung eine vorläufige Bleibe für sie finden sollten. So ist sie buchstäblich erst fünf vor zwölf nach Fürsprache des zufällig dort anwesenden konsultierenden Arztes im *Seniorenhaus Lerchenweg* untergekommen, wo sie noch heute lebt und wo ich sie seither täglich besuche und begleite.

Das nenne ich *Glück*, auch wenn ich darüber insgesamt nicht *glücklich* bin!

Es war stets schwierig für mich, zu begreifen, dass das Bild, welches ich mir von bestimmten Menschen gemacht hatte, nicht der Wirklichkeit entsprach. Wir können anderen Menschen zwar zugeneigt sein, offenbar jedoch nicht erwarten, dass uns diese Zuneigung im Verhältnis 1:1 treu vergolten wird. Viel schlimmer noch trifft uns erwiesene Illoyalität!

Schwierig waren für mich immer solche Momente, in denen mir die Prozesssteuerung entglitt. Momente, in denen ich für die Anderen Luft war, in denen es gar nicht mehr auf *mich* anzukommen schien, in denen niemand mit mir reden wollte. Momente, in denen ich keine sinnvollen Aufgaben für mich entdeckte und innerhalb fremder Seilschaften eine schreckliche Ablehnung und Einsamkeit spürte.

Dazu zählten für mich zum Beispiel manche Neujahrsempfänge in kirchlichen Gemeindehäusern ebenso wie dröge Großfeiern, bei denen ich mich am liebsten verkrochen hätte.

22. Was war die beste Entscheidung, die Du jemals getroffen hast?

An jedem Tag müssen wir hunderte von Entscheidungen treffen und deshalb wäre es für mich nun überaus schwierig, willkürlich eine singuläre davon als die beste meines Lebens hervorzuheben, weil mir dazu objektive Kriterien fehlen und diese Entscheidungen in ihrer Situationsgebundenheit nur schwer miteinander vergleichbar sind.

Eine gute Entscheidung habe ich als Jugendlicher gefällt, als ich mich dazu entschloss, das externe Abitur an der Abendschule langfristig in Angriff zu nehmen; denn ohne Abitur hätte ich nicht studieren können!

Ich wollte beruflich stets mit Menschen zu tun haben. Arzt konnte ich nicht werden, da ich kein Blut sehen kann. Soldat auch nicht, weil mich die heroischen Berichte meines Vaters aus dem 2. Weltkrieg einfach nur abschreckten. Zum Glück bin ich kein Theologe geworden, den die Glaubenszweifel womöglich zunehmend zermürbt hätten Die Studienratslaufbahn hingegen sagte mir zu und das Unterrichten wurde zu meinem Traumberuf, der unserer kleinen Familie überdies auch materielle Sicherheit bot.

Ein Kommilitone wollte mich während meiner Studienzeit für die sozialdemokratische Parteiarbeit gewinnen. Ich habe ihm damals erklärt, dass, wenn ich zwischen politischem und sozialem Engagement wählen könnte, ich mich immer für den letzteren Bereich entscheiden würde. Noch heute bin ich froh, mich damals in dieser Weise festgelegt zu haben, weil für mich soziales Engagement näher am Menschen ist. Natürlich brauchen wir in unserm Staat tüchtige Politiker, aber in diesem Feld musste es leider stets ohne mich gehen!

Als Deine Oma und ich im Jahre 1968 heirateten, fühlte sich dieses Ereignis für mich richtig gut an! Wir sagten damals *ja* zueinander - ohne W*enn und Aber* – und haben uns treu an dieses Versprechen gehalten.

Ebenso war es eine wichtige Entscheidung grundsätzlich von Anfang an deutlich *ja* zu eigenen Kindern zu sagen, weil wir eine Familie werden wollten. Dies jedoch war nicht *meine*, sondern *unsere gemeinsame* Entscheidung! Wir hatten später das Glück, dass uns gesunde Kinder geschenkt wurden.

Ich bin froh, dass ich Auto fahren kann und damit an Mobilität gewonnen habe. Sehr spät, nämlich erst im Jahre 2006, habe ich nach meiner Pensionierung in zahlreichen PC-Kursen den Umgang mit dem Computer erlernt, der mir letztlich meine ehrenamtlichen Tätigkeiten im sozialen Bereich erst ermöglicht. Und diese wiederum erfüllen mich mit tiefer Zufriedenheit!

Sind mir Statussymbole wichtig? Ich glaube, ich besitze überhaupt keine! Dinge, die ich *nicht* brauche, möchte ich auch gar nicht haben. Ich wünsche überhaupt kein Eigentum mehr, das mich binden würde. Ich habe mich nämlich dafür entschieden so frei wie möglich zu sein!

23. Was war die schwierigste Entscheidung in Deinem Leben, die Du getroffen hast?

Wer steht uns im Leben verwandtschaftlich besonders nahe?
Es sind unsere Großeltern, Eltern, Geschwister, Kinder und Enkel.
Meine beiden Eltern sind am Ende ihres Lebens an Demenz erkrankt. Meine Mutter war nach dem Tod meines Vaters die letzten zehn Jahre bettlägerig. Sechs Jahre lang habe ich sie durch einen Pflegedienst in ihrer Wohnung versorgen lassen und habe zweimal wöchentlich nach dem Notwendigen gesehen. Im Jahre 2006 stand ich vor der Entscheidung, sie entweder weiterhin in ihrer Wohnung zu belassen oder einer Verlegung in eine Wohngemeinschaft zuzustimmen. Obwohl ich nicht einmal ihr Betreuer war, habe ich nach innerem Ringen dieser Verlegung zugestimmt und ihre Wohnung aufgelöst.
Am Ende waren ihre Erbschaft und ihre Ersparnisse aufgebraucht und da die Ausgaben für sie ihre Einnahmen stets überstiegen, habe ich angesichts dieser Unterfinanzierung ständig hart kalkulieren müssen. Ein Pflegefall belastet nämlich sowohl materiell als auch psychisch nicht nur die zu Pflegenden, sondern auch deren Angehörige!
Viel schwieriger war für mich am Ende das Eingeständnis, dass ich meine Frau, also Deine Oma, angesichts ihrer Erkrankung nicht mehr in Eigenregie rund um die Uhr betreuen konnte, sondern ihr einen Heimplatz besorgen und ihre Pflege mit professionellen Händen teilen musste.

Wie kann man angesichts einer solchen Situation das Versprechen, zu seinem geliebten Lebenspartner in guten wie in schlechten Zeiten zu stehen, überzeugend halten? Ich glaube eine Lösung gefunden zu haben, indem ich für sie *da* bin, sie nicht loslasse und nach besten Kräften mitbetreue und so oft wie möglich über Nacht nach Hause nehme. Ich bin gefragt worden, ob ich meine Besuche bei ihr nicht zu meinem eigenen Wohl ein wenig dehnen könne. Nein, mir wäre überhaupt nicht wohl dabei, zumal ich mich immer noch nach ihr sehne, obwohl (oder weil?) wir uns schon länger als ein halbes Jahrhundert kennen.

Zugegeben, es ist überaus schwierig, unter diesen Umständen die gewohnte Erlebnisgemeinschaft aufrecht zu erhalten und sich auf Augenhöhe zu begegnen, aber es gibt sehr wohl Situationen, in denen wir uns eingestehen müssen, dass unser guter Wille und unsere Kräfte vor der Wirklichkeit kapitulieren müssen! Du kommst also um manche haarige Entscheidung nicht herum!

24. Welche Menschen haben Dich in Deinem Leben besonders geprägt?

Mit Sicherheit war es zu allererst *meine Mutter*, die mich in den ersten sechs Jahren kriegsbedingt mehr oder weniger allein erziehend behütet hat. Manchmal muss ich schmunzeln, wenn mir auffällt, wie sparsam und ökonomisch ich meinen Haushalt führe. Ich glaube, diese Sparsamkeit habe ich von ihr geerbt. Auch die Lust am Kochen und das Bewirten meiner Gäste!

Auf einem meiner Kopfkissen steht *To teach is to touch a life forever.* Übersetzen wir einmal das Wort *to touch* mit *prägen*, so dürften meine eigenen Lehrer damit gemeint sein. Ich kann mich jedoch, ehrlich gesagt, nicht darin erinnern, jemals den Wunsch gehabt zu haben, einem meiner früheren Lehrer nachzustreben und es ihm gleich zu tun. Mit Sicherheit haben sie mir jede Menge an Wissen und Fertigkeiten und Urteilsvermögen beigebracht, aber einen positiven emotionalen und nachhaltigen Einfluss auf mich kann ich beim besten Willen nicht ausloten!

Später aber gehörten meine selbstgewählten geistigen Väter zu meinen Leitfiguren: *Dr. Jürgen Boeckh*, Pfarrer an der Kirchengemeinde Alt-Schöneberg; *Dr. Jürgen Helmert*, mein erster Schulleiter an der Werner-von-Siemens-Oberschule in Berlin-Nikolassee; *Ulrich Sobanski* und seine Frau *Lisa*, die wir 1970 auf der Überfahrt von Stockholm nach Turku kennen gelernt hatten (und worüber ich andernorts schon berichtet habe). Mit ihnen allen konnte ich freimütig reden, sie haben nachgedacht und mir zugehört, mich zum Nachdenken angeregt, mir vertraut und mich wahrgenommen. Es war in jedem einzelnen Falle auch ihre Lebensleistung, die es mir angetan hatte.

Ingrid Rückert hat mich mit Sicherheit nachhaltig beeinflusst! Ihre Wissbegier, ihre Courage, ihre Kreativität, ihre Spontaneität, ihr sozialer Einsatz im Dienste ihr anvertrauter Menschen, ihr Fleiß, ihre Treue und Zuverlässigkeit haben mir imponiert.

Du weißt nicht, wer Ingrid Rückert ist? Nun, es handelt sich hierbei um *meine* Frau, um *Deine* Oma! Sie war immer für uns da und hat sich für uns verströmt - jetzt sind *wir* dran und tauschen die Rollen!

Es waren aber auch abstrakte literarische Gestalten wie zum Beispiel der vorhin schon erwähnte *Atticus* aus *Harper Lees* Roman *To Kill a Mockingbird.*

Im Übrigen - wer sagt denn, dass es immer nur ältere Menschen sein müssen, die uns beeinflussen und nachhaltig prägen?

Wenn Du Dich in persönlichen Krisen fragst, „Wie würde *er (sie)* hier wohl entscheiden?", dann kennst Du die Lackmusprobe für einen Menschen, der Dir zur Leitfigur geworden ist und Dir etwas bedeutet.

25. Welche Freundschaften waren bzw. sind besonders wichtig für Dich?

Leider muss ich hier mit einer Fehlanzeige beginnen!

Keine einzige Freundschaft aus meiner Schulzeit oder aus den Zeiten in der evangelischen Jugend Alt-Schöneberg hat die Jahre überdauert! Ich kann mich kaum noch an konkrete Namen von einst erinnern!

Ich wüsste nicht einmal, ob ich mich selbst damals gern zum Freund gehabt hätte; denn ich war wohl zeitlebens ein eher schwieriger Mensch!

Während meiner Abendschule hatte ich gar keine Zeit, neue Freunde zu gewinnen; denn eine Freundschaft will gepflegt werden und kostet Zeit!

Bekanntschaften aus meiner Studentenzeit waren eher Zweckbündnisse in Richtung Staatsexamen.

Wenn Du wissen möchtest, welche Freundschaften und Bekanntschaften mir *heute* etwas bedeuten, dann versuche einmal nachzuforschen, wem ich regelmäßig schreibe, von wem ich öfters rede oder wen ich gern besuche oder zu mir einlade. Beobachte bitte, mit wem ich gern gemeinsam und regelmäßig Zeit verbringe.

26. Gab es besonders wichtige Menschen in Deinem Leben, von denen Du Abschied nehmen musstest? Wie bist Du mit dem Verlust umgegangen?

Keine(r) der Verwandten aus der Generation vor mir ist mehr am Leben. Meiner Großmutter mütterlicherseits war ich, wie bereits gesagt, in besonderer Weise zugetan. Ihr Leben hatte sich leider nie auf der Sonnenseite abgespielt und die letzten Jahrzehnte ihres Daseins hat sie gesundheitlich sehr gelitten. Mit stoischer Ruhe nahm sie jedoch ihre Schicksalsschläge hin und erwartete vom Leben wohl nicht mehr viel. Ich war traurig, als sie starb, war auf ihren Tod aber mental vorbereitet gewesen.

Meine Mutter erkrankte in der letzten Dekade ihres Lebens an Demenz und verabschiedete sich von uns gewissermaßen schon zu Lebzeiten. Ich konnte sie am Ende emotional kaum mehr erreichen; denn sie sprach nicht mehr mit mir als ihrem Sohn. Allerdings hatte ich eine raffinierte Methode ausgeklügelt: Sie liebte nämlich ihren kleinen weißgrauen Stoffhund, den sie zärtlich an sich sich drückte und liebkoste. Dieser Stoffhund wurde zwischen meinem Daumen und Zeigefinger zu einer Handpuppe, die ihr sehr erfolgreich Fragen stellte, welche sie auch willig beantwortete. So „unterhielt" ich mich mit ihr auf eine sehr indirekte Weise. Mit dem Tode meines Vaters nach sechzig Ehejahren hatte ihr Leben ihrem Empfinden nach jeglichen Sinn verloren. Zehn Jahre Bettlägerigkeit hatten bei ihr zeitweilig zu einem schmerzhaften Dekubitus geführt und ließen sie stark leiden. Sie starb am 28. Februar 2010 und ich erhielt aus ihrer WG mitten während einer Geburtstagsfeier meiner Frau die Mitteilung, dass der Leichenwagen bereits vor- und auch schon wieder abgefahren sei.

Meine nächsten Verwandten sind alle überdurchschnittlich alt geworden, aber niemand von ihnen ist unter dramatischen oder tragischen Umständen gestorben, sondern es war immer ein leiser und schleichender Abschied, der nie so ganz unerwartet kam.

Seit meiner Jugend war ich stark von der christlichen Lehre geprägt gewesen, die uns zu bedenken gibt, dass alles irdische Leben ein Ende habe - so oder so - und auch ein Ziel. Vermutlich hast Du an den irdischen Tod gedacht, als Du oben das verharmlosende Wort *Abschied* verwendet hast.

Wir müssen immer wieder loslassen: Menschen, Besitz, Prinzipien und Ideale; Träume und Wünsche; aber die Karawane zieht mit uns weiter und führt Erinnerungen im Gepäck. Diese sind oft ungefiltert und können wenig erfreulich sein, sozusagen durch keinen Stoßdämpfer abgefedert. Zaubern sie jedoch ein warmes Lächeln auf unsere Lippen, so gilt es, sie als Schätze zu bewahren!

Wir werden in den Ruhestand *verabschiedet,* wir *verabschieden* uns voneinander, wenn wir auf Reisen gehen oder wenn die Party zu Ende ist.

Dramatisch kann ein Abschied werden, sobald Liebe im Spiel ist und das Feuer der Zuneigung erloschen scheint oder Betrug im Spiel ist – entweder einseitig oder auf beiden Seiten.

Wir können anderen Menschen zwar Liebe und Zuneigung entgegenbringen, diese aber von ihnen nicht einfordern. Bleiben sie aus, tun wir gut daran, diese Menschen loszulassen, da wir sie, die Reisenden, ja sowieso nicht festhalten können.

Für gewöhnlich wird das dramatische Ende einer Liebesbeziehung zu vorübergehenden emotionalen Verwerfungen führen und wir können dann kaum anders als sozusagen die Ventile zu öffnen und unseren Gefühlen eine zeitlang freien Lauf zu lassen, ehe wir uns selbst wieder fangen und festigen.

Möglicherweise haben wir jedoch nur das *Bild* geliebt, das wir uns von unserem Partner auf Zeit irrigerweise bereitwillig gemacht haben und dabei doch Entscheidendes übersehen!

Vielleicht können wir uns damit trösten, dass der *Verlust* von heute zum *Gewinn* von morgen werden könnte und wir dürfen dabei selbstkritisch über uns nachdenken und reifen.

27. Welche Einstellung zum Tod hast Du? Glaubst Du an ein Leben nach dem Tod?

Spätestens seit meinem Konfirmandenunterricht, seit meinen Erkenntnissen im Fach Biologie und den ständigen Horrormeldungen der Massenmedien werde ich mit dem Thema *Tod* als etwas Unausweichlichem konfrontiert, das leider oftmals barbarische Züge annehmen kann.

Bei meiner Pensionierung hatte ich der Anzahl nach mindestens einen ganzen Klassenverband meiner ehemaligen Schüler überlebt, Schüler, die aus unterschiedlichsten Gründen entweder durch äußere Gewalt oder durch eigenes Verschulden ums Leben gekommen oder wehrlos eines natürlichen Todes gestorben waren. Schüler, die ich unterrichtet hatte und deren Verlust ich zuweilen beklagte, als hätte ich ein Stück meiner selbst verloren.

Mit Deiner Oma habe ich unlängst Fotos von ehemaligen Bewohnern ihres Seniorenheimes aussortiert, die gestorben waren und an die wir uns selbst nach kurzer Zeit kaum noch erinnern konnten, hatte uns mit ihnen doch eigentlich kaum etwas verbunden.

Welche Verluste gehen uns wirklich nahe?

Vor einiger Zeit bin ich, damals noch zweiundsiebzigjährig, in einem Rundgespräch bei einer Caritas-Fortbildungsveranstaltung gefragt worden, was mir in meinem Leben Kraft geschenkt habe. Als ich bedeutsam anhob: *„Also, in der ersten Hälfte meines Lebens...",* da fingen alle Zuhörer an zu glucksen und zu kichern und es dauerte einige Zeit, bis bei mir der Groschen fiel.

Nein - hundertvierundvierzig Jahre werde ich bestimmt nicht alt werden wollen!

Diese kleine Episode führt mir jedoch wieder einmal das Prinzip der Endlichkeit von allem Lebenden vor Augen, lässt mich heutzutage in kürzeren Sequenzen bzw. Zeitabschnitten denken und dankbar sein für jeden mir geschenkten und glückhaft sinnvoll gestalteten Tag.

Der Tod macht mir keine Angst - eher schon das Sterben, sollte es mit großer Quälerei verbunden sein. Du weißt, wie sehr mich seit langem die Frage nach dem Sinn des Lebens quält. Ich habe diesen Sinn bisher noch nicht erkannt und niemand hat ihn mir plausibel erklären können. Das Gleiche gilt für den Tod. Worauf also soll ich hoffen? Könnte es nicht sein, dass sowohl das Leben als auch der Tod in Bezug auf den letzten Sinn völlig absurd sind?

Sollte das Paradies wirklich ein Zustand sein, in dem uns alles zufallen wird, so würde sich bei mir auch hier sofort wieder die Sinnfrage stellen. Der Himmel wäre mir zwar theoretisch lieber als die Hölle, aber ich kann mir nicht vorstellen, welchen Sinn es ergeben sollte, mit den vielen Milliarden von Menschen, die die Erde je bewohnt haben und noch geboren werden, in Raum und Zeit und vor allem unter einem unvorstellbaren Sprachengewirr zusammen zu leben - leben zu müssen, unter welchen physikalischen und sozialen Umständen auch immer! Muss ich wirklich mit von der Partie sein oder darf ich mich bescheiden ausklinken?

Darf ich nicht, wenn meine Zeit gekommen sein wird, ein wenig mit der Welt fremdeln und mich auf Nimmerwiedersehen verabschieden – ganz leise?

Darf mein Leben *kein* definitives Ende haben?

Muss es eine Endlosschleife werden?

Darf ich in meiner relativen Bedeutungslosigkeit nicht ganz stille ruhen und allmählich vergessen werden?

Darf ich die Theologie nicht für ein philosophisches Problem halten, das an einem Zirkelschluss krankt?

28. An was, hoffst Du, werden sich die Menschen nach Deinem Tod besonders erinnern?

Wie (entschuldige, bitte!) überzogen das klingt - *die Menschen*! Ich bin ja ein ziemlich unscheinbarer Durchschnittsbürger ohne weiten Bekanntheitsgrad!

Aber gut!

Ich möchte mich daher bei meiner Antwort auf *Dich allein* beschränken.

Du wirst Deinen Kindern in stillen Stunden später vielleicht erzählen, dass es da (D)einen Opa gegeben habe, der Dich hat heranwachsen sehen und der - bildhaft gesprochen - stets löschen half, wenn die Steppe brannte; der stets in Reichweite war, damit Du in Ruhe einschlafen konntest; der es nicht weiter tragisch nahm, wenn Deine Fußballmannschaft wieder einmal zu viele Tore kassierte; der selbst mit Dir Fußball spielte und sich dabei köstlich amüsierte, wenn Du ihn wieder einmal erfolgreich ausgetrickst hattest; der äußerst risikoscheu war und zum Beispiel im Winter bei Eis und Schnee mit Dir auf Deinem Schulweg lieber den Bus oder die Bahn benutzte; den Du für *streng* gehalten hast, obwohl er von Dir lediglich verlangte, dass Du das Klavier nicht als ein weiteres Spielzeug, sondern als ein Musikinstrument betrachtest und dass Du das, was Du Dir selbst auf den Teller getan hast, bitte schön, auch aufisst.

Ein Opa, der sich über Deine Lernfortschritte oder über Deine guten Zeugnisnoten gefreut hat; der Deinen Plaudereien gern zuhörte; der Dir nie Angst, sondern Mut gemacht und Dich getröstet und Dir in manchem spontan geholfen hat; der für Dich sorgte und dessen allmählich nachlassende Kondition Dir keineswegs entgangen ist.

Mit der Zeit werden Deine Erinnerungen an mich verblassen, aber ich wäre stolz, wenn Du Dich im Augenblick einer persönlichen Krise fragen würdest, wie Dein Opa vermutlich mit einem ähnlichen Problem fertig geworden wäre und was *er* in dieser oder jener Situation gesagt oder getan hätte.

Das Recht, trotzdem nach eigenem Gutdünken zu entscheiden, bliebe Dir ja unbenommen!

29. Was ist eines der schönsten Dinge, die Du in Deinem Leben erreicht hast?

Es ist zweifellos die Gründung (m)einer eigenen *Familie*.

Familie kann gelingen - muss aber nicht!

Bei meiner Seelsorgeausbildung bin ich auf den Begriff der *Entropie* gestoßen, was - vereinfacht und abgekürzt gesagt - bedeutet, dass wir ständig Energie aufbringen müssen, um aus dem allgegenwärtigen Chaos einen Zustand der Ordnung zu machen. Am *Experiment Familie* müssen wir also ständig arbeiten und nichts kommt von allein und fällt uns in den Schoß!

Zurzeit ist meine Familie eher klein und lässt sich beinahe an einer Hand abzählen. Aber sie ist mein Ankerplatz. Ich versuche ihr Halt zu geben und werde selbst von ihr gehalten. Sie ist mein Schutz- und Wärmeschild!

Natürlich bedeuten mir auch meine Freunde sehr viel, aber ich vertraue auf das Gefühl und die Hoffnung, dass mir meine Familie im Zweifelsfalle nicht so schnell verloren geht, wie es bei Freundschaften durchaus erfahrbar wird. Sollte unsere Familie eines Tages noch größer werden, so würden mir daraus überhaupt keine Probleme erwachsen - im Gegenteil; denn ich habe ja noch meine zweite Hand zum Zählen!

30. Was ist das größte Geschenk, das Dir jemand bereiten kann?

Da ich mich oft an Randpositionen wieder gefunden habe, beeindruckt mich mir entgegen gebrachte Empathie sehr stark! Ähnlich verhält es sich mit dem **Vertrauen**, das mir geschenkt wird. Es können auch durchaus unverhoffte Streicheleinheiten oder eine Umarmung sein!

Jemandem, der, altersbedingt, (fast) alles Notwendige hat, würde *ich* gern etwas sehr Persönliches von mir schenken: zum Beispiel eine Töpferarbeit aus meiner eigenen Hand oder etwas Gedrucktes aus meiner Schreibwerkstatt.

Ich bin zwar nicht so sicher, ob mir die Rolle des barmherzigen Samariters steht, aber eines *meiner* kostbarsten Geschenke wäre vermutlich die **Zeit,** die ich einem anderen Menschen widmen würde.

Ich hingegen fühle mich beschenkt, wenn diese meine persönlichen Formen von Hinwendung angenommen werden!

Ich fühle mich im Gegenzug reich beschenkt, wenn sich jemand auf einen Gedankenaustausch mit mir einlässt und mir signalisiert, dass er mich wohlwollend wahrnimmt.

31. Was ist das Angenehmste am Älterwerden? Was sind die weniger schönen Aspekte dabei?

Es ist angenehm, dass ich mich nicht mehr ständig neu erfinden und tagtäglich beweisen muss!

Ich weiß inzwischen, was mir einerseits gelungen und was andererseits ein Wunschtraum geblieben ist. Wenn ich zum Beispiel Deine Oma so wundervoll Klavier spielen höre, dann habe ich den Wunsch, es selbst wieder zu üben. Aber zugleich weiß ich ganz genau, dass ich sehr bald an jene bekannten Grenzen stoßen würde, die ich schon vor Jahrzehnten nicht durchbrechen konnte.

Ich habe es erst mühsam gelernt, auf für mich Unerreichbares zu verzichten. Das ist manchmal ganz schön frustrierend!

Natürlich will ich auch heute noch gute Arbeit abliefern, mich nützlich machen und innerlich ein wenig wachsen, aber eine spürbare Demut hat doch meine früher weit ausholenden Flügel merklich gestutzt und Höhenflüge vermieden.

Ich habe das Gefühl, heute weniger fremdbestimmt zu sein als früher, weil ich mir kritisch aussuchen kann, wem und welchen Dingen ich nicht auf den Leim gehe und für wen und an welcher Stelle ich mich einsetze – und zwar freiwillig und aus eigenen Stücken!

Seit meiner Jugend habe ich mich ehrenamtlich betätigt und dabei erfahren, dass dieser Einsatz ebenso arbeitsintensiv ist wie der im Hauptamt und jede Menge Zuverlässigkeit verlangt! In meiner jetzigen Lebensphase jedoch habe ich naturgemäß mehr Zeit und Muße dafür.

Älter werdende Menschen fürchten sich wohl am meisten vor dem Verlust der Selbständigkeit und Eigenbestimmung, vor Inkontinenz und vor Vereinsamung. Unter allen diesen Ängsten habe ich (noch) nicht ernsthaft zu leiden, aber wenn zur *Achtsamkeit* die Akzeptanz der Lebenswirklichkeit gehört, dann bin ich nicht *forever young.* Dieser Liedrefrain weckt doch bloß falsche Hoffnungen!

32. Womit beschäftigst Du dich heute am liebsten?
Hast Du Hobbies?

Ich **schreibe** sehr gern: anfangs war es auch religiöse Poesie, heute ist es eher nur noch weltliche Prosa.

Wenn ich auf Deine Fragen eingehe und aus meinem Leben erzähle, so beschäftige ich mich beispielsweise mit Biografiearbeit.

Ich befasse mich ausgiebig mit Familienforschung.

Ich versende und erhalte sehr gern E-Mails. Seit meiner Pensionierung sitze ich fast täglich am **PC.** Mit Hilfe des Schreibprogramms bereite ich meinen Englischunterricht für Senioren vor, entwerfe die Programme für meine Senioren-Kultur-und-Wandergruppe oder erledige den Schriftkram, der zum Beispiel für die Organisation des jährlichen Berliner Seniorenchorfestes im Britzer Garten notwendig ist. Sehr oft recherchiere ich im Internet.

Bis zum heutigen Tage **musiziere** ich in einer Flötengruppe und **singe** einstweilen noch in einem Gemeindechor, bis mir eines Tages die Puste ausgehen wird und die Stimme versagt.

Ich **koche** gern und liebe es, meine Familie und Freunde um mich zu haben und zu bewirten.

Der **Fernseher** ist mir seit langem wichtig geworden als ein Mittel zur entspannenden Unterhaltung und als ein wissensmäßiges Tor zur Welt. Würde mich jemand fernsehsüchtig nennen, so würde ich mich als einen Gelegenheitssüchtigen bezeichnen; denn ich verbringe in der Tat zum Abschluss des Tages fast täglich etwa zwei Stunden vor dem Bildschirm ohne dabei ein schlechtes Gewissen zu haben.

Ich bemerke, dass mir zum Zeichnen und zum Lesen nur noch wenig Zeit bleibt, aber andererseits beruhigt es mich, zu wissen, dass ich bei entsprechendem Leidensdruck meine Zeitfenster beliebig schließen oder öffnen könnte um einem vernachlässigten Hobby Zutritt zu gewähren.

Ich bin dankbar dafür, dass ich mein Leben frei planen und für Euch *da* sein kann! Mein größter Freund und Wegbegleiter dabei ist allerdings mein Kalender, ohne den ich völlig orientierungslos wäre!

33. Was genießt Du gegenwärtig am meisten?

Es ist mir ein Genuss, häufig unterwegs zu sein und dann auch wieder zu Hause anzukommen und die Tür hinter mir zu schließen.

Ich genieße es, mit Menschen zusammen zu sein, die mir gut tun.

Ich setze mich gern an einen liebevoll gedeckten Tisch.

Ich stehe für meine Ziele ein – aber niemals mit dem Gefühl mich dabei zu verausgaben oder ohne dabei nachzudenken.

Ich genieße es, in meinem Alter mit ruhigem Gewissen einerseits erinnernd rückwärts zu schauen und mich andererseits mit meinen nunmehr eher realistischen Wünschen und Träumen in aller Ruhe auf den morgigen Tag zu freuen.

34. Was findest Du, sollte jeder einmal in seinem Leben gesehen oder erlebt haben?

Deine Oma und ich waren nie Weltenbummler, obwohl wir durchaus schon kleine Ausschnitte unserer Erde gesehen haben.

Anfang der 70er Jahre war ich mit ihr in Irland unterwegs, wo wir eines Abends einen *Pub* mit Live-Musik besuchten. Als ein angetrunkener Ire, der früher als Soldat zeitweilig in West-Berlin stationiert gewesen war, uns als Deutsche identifizierte, begab er sich zur Bühne und sang uns zu Ehren ein irisches Lied. Er hatte mir zuvor jedoch lallend angekündigt, dass *ich* nach ihm an der Reihe wäre. Zum Glück vergaß er dieses Anliegen nach dem für ihn aufbrandenden Beifall und in seinem angetrunkenen Zustand jedoch wieder.

Ich hatte während seines Vortrags panische Versagensängste durchlitten und sogar den Text meines Lieblingsliedes *Kein schöner Land* komplett vergessen! Meine Zunge war vor Angst wie gelähmt!

Auf unserer ersten Kanada-Durchquerung habe ich mit Deiner Oma einmal wenige hundert Meter rechts des Highways den kanadischen Urwald betreten. Weshalb eigentlich? Wir hatten von allen möglichen wilden Tieren gehört und befanden uns auf einem Waldpfad, der mittig entlang eines Steilhanges führte. Kein Entrinnen, weder nach links oben oder rechts unten, als plötzlich etwas Gelbes um die Kurve schnaubte! Panische Angst hoch drei! Hinter dem gelben Etwas rief ein Mädchen *O, you chicken!* Sie hatte an langer Leine ihren deutschen Schäferhund geführt, ihn als Angsthasen gescholten und entschuldigte sich lachend bei uns für dessen nerviges Schnauben!

Kurz vor meiner Pensionierung im Jahre 2006 feierten die Abiturienten unserer Schule im Auditorium Maximum der FU Berlin ihre bestandene Reifeprüfung. Ich hatte mich wieder einmal in die hinterste Reihe verkrochen, weil ich nicht ins Rampenlicht gezerrt werden wollte. Das half jedoch nicht, weil mich die Moderatoren längst erspäht hatten. Also musste ich bei einem Sketch auf der Bühne zunächst eine *knarrende Tür* spielen. Das war sozusagen eine stumme Rolle, aber ich erhielt eine spontane Zusatzaufgabe. Ich hätte ihr einmal gesagt, so die Moderatorin, dass ich nur ungern eine Rede für Abiturienten halten, sondern im Notfalle eher singen würde. Voilá!

Da stand ich nun: ich sollte einen armen und traurigen Vogel musikalisch mimen.

Ich wählte spontan eine Moll-Tonart und fing laut an zu singen: *Ich bin ein Vogel, meine Flügel sind so klein* (Wedeln mit beiden Armen - schallendes Gelächter des Publikums), *Wollt Ihr alle meine Beute sein?* (Mit den Armen schloss ich kreisförmig das Publikum ein.) Ich hatte – sozusagen als Schnelldichter – zwar noch eine zweite Strophe parat, aber ich erhielt derart großzügigen Beifall, dass es zu einem weiteren Vortrag gar nicht mehr kam.

Diese drei Anekdoten mögen zeigen, dass wir oft unter Ängsten leiden, die uns lähmen können – oder aber zu unerwarteten Höchstleistungen anspornen. Wir können Panikattacken nicht einfach beiseite schieben, weil sie uns meistens unverhofft ereilen und in unvermutetem Gewand auftreten. Durch sie jedoch lernen wir uns besser kennen und verstehen und können mit dieser Erfahrung die Ängste anderer Menschen hoffentlich nunmehr voller Empathie nachempfinden.

Nur wer selbst einmal unter Prüfungsangst gelitten hat, wird sensible Antennen ausfahren können und die ihm anvertrauten Prüfungskandidaten in aller Ruhe unter seine Fittiche nehmen können. Nur wer Bedrohungen als angstauslösend empfunden hat, wird aufkommende Gefahrenmomente realistisch einschätzen und ihnen pragmatisch begegnen können.

35. Was würdest Du tun, wenn Du noch einmal für einen Tag Kind sein dürftest?

Wie lange ist man denn, entwicklungspsychologisch gesehen, ein *Kind*? Wo wollen wir da die Grenze ziehen? Wäre ich noch einmal Kind, und sei es auch nur für einen Tag, wäre ich dann ein Kind mit den Erfahrungen eines Mannes in seiner letzten Lebensphase? Würde ich das historische Zeitrad zurückdrehen und irgendwo in die 40er oder 50er Jahre eintauchen können?

Also gut, ich lasse mich darauf ein: Ich würde mich mit dem Bus A 21 auf den Weg vom Amtsgericht Charlottenburg nach Wittenau machen, hin zum Eichhorster Weg 58 schlendern und mit meiner Großmutter eine Butterstulle mit darauf gestreutem

Zucker essen. Ich würde meine Gemüsebeete vom Unkraut befreien, hinter dem Haus ausgiebig schaukeln, mich auf meinen Sitz im Kastanienbaum zurückziehen, wo ich allein sein und zugleich die Nähe meiner Großeltern spüren könnte. Hier würde ich von der Zukunft träumen: von meinem künftigen Beruf, meinen Hobbies, meiner Wunschfamilie - kurz gesagt - von Euch, die es ja alle noch gar nicht gibt.

36. Welche fünf Ratschläge fürs Leben möchtest Du mir gern auf den Weg geben?

Weshalb Ratschläge? Weshalb ausgerechnet fünf? Für *welches* Leben? Lebst Du nicht schon längst und zwar seit längerer Zeit?
Du hast bisher vieles richtig gemacht und mich mit Deiner Wesensart und sozialen Ader beeindruckt!
Wer Ratschläge erteilen will, begibt sich schnell auf eine höhere Warte und räumt sich selbst gegenüber den Anderen einen gewissen Vorsprung ein an Wissen und Können, an Urteilsvermögen und Lebenserfahrung.
Lehne ich mich zu weit aus dem Fenster, wenn ich behaupte, dass die meisten Menschen eher durchschnittlich sind? Zu denen gehöre auch ich!
Meine persönlichen Noten in den Staatsexamina zum Beispiel waren zwar stets *gut*, aber immer nur *aufgerundet* gut! In meinem Traumberuf als Gymnasiallehrer war ich weder unangefochten noch sonderlich beliebt – allenfalls respektiert.

Es gibt *kein* Gebiet, auf dem ich es je zur Meisterschaft gebracht hätte. Frage Menschen, die mich zu kennen glauben - sie werden es Dir bestätigen!

Nie habe ich in irgendeiner Disziplin die Goldmedaille gewonnen - höchstens den vierten Platz, also Blech!

Manchmal begegnen uns Spruchweisheiten auf Kalenderblättern, wie zum Beispiel:

Die einzige Chance älter zu werden, ist nicht zu sterben! (aus Irland) oder *Wissen, das nicht jeden Tag zunimmt, nimmt jeden Tag ab.* (aus dem alten China)

Lässt es sich nicht wirklich beobachten, dass viele Menschen einfach nur deshalb alt geworden sind, weil sie überlebt haben, ohne dass dabei ihr Wissen und ihre Weisheit unterwegs spürbar zugenommen hätten?

Mögen wir unser langes Leben nun als Gnade oder als Plage empfinden - wir werden früh geprägt und es ist ungemein schwer, dem gewohnten Trott zu entkommen und neue Wege zu gehen.

Du bist gut sechs Jahrzehnte jünger als ich und mir in manchem an Wissen und Können doch schon jetzt weit voraus.

Nicht *Du* suchst im täglichen Leben meinen Rat, sondern oft ist es bereits umgekehrt.

Nein, ich werde Dich mit meinem Rat nicht „erschlagen", sondern Dir allenfalls anvertrauen, was meinem Leben bisher Farbe gegeben haben könnte:

Schon sehr früh wurden in mir jenseits der rein politischen Ebene ein soziales Interesse und der Wille zur Übernahme von sozialer Verantwortung wach. Weshalb und durch wen, das kann ich Dir beim besten Willen nicht sagen. *Es* hat sich einfach so entwickelt und zunächst ganz praktisch auf Gemeinde-, und später auf Gemeinwesenarbeit gerichtet. Trotz aller meiner Bemühungen hat sich zwar die Weltachse aus ihrer Schrägstellung nicht aufgerichtet, aber ich hatte stets vor, wenigstens mein eigenes Umfeld ein bisschen wohnlicher einzurichten. Ich habe gelernt, dass die Welt nicht zu uns ins Haus kommt, sondern dass wir höchstpersönlich und aktiv in ebendiese hinausgehen müssen, so lange wir dies nur können! Gern wäre ich ein gefeierter Heldentenor auf der Opernbühne geworden oder ein brillanter Orgelspieler. Aber seit jeher habe ich nur eine schmale Füllstimme und habe Orgelmanuale und Pedale den wirklich Berufenen überlassen müssen. Im Rahmen meiner Möglichkeiten habe ich jedoch mein Leben lang gesungen und musiziert und mich von der Musik beleben lassen. Ich kann es zwar nicht beweisen, weil ich nicht weiß, wie es ohne Musik verlaufen wäre - aber ich glaube, sie war mir ein starker Kraftquell!

Von vorzeitigem Ruhestand habe ich nie geträumt. Ich habe zeitlebens gern gearbeitet, aber ob ich heute noch einmal gern unterrichten würde? Im Grunde genommen bin ich ja meiner Lehrtätigkeit wesensmäßig verhaftet geblieben und muss feststellen, dass sie mich offenbar ungewollt stark geprägt hat - wohl nicht immer zur Freude meiner Familie und meiner Freunde! Der Beruf hat abgefärbt, aber nach 36 Jahren Berufstätigkeit in der Schule möchte ich nicht unbedingt dorthin zurückkehren, weil ich mit der Lehrertätigkeit derart vertraut bin, dass es für mich nur noch eine Endlosschleife ohne wirklichen Zugewinn wäre.

Manche meiner Tätigkeiten konnte und kann ich nur oder am Besten im Verbund mit anderen Menschen ausüben - das heißt, ich war nicht immer nur ein mausgrauer Einzelgänger! Dennoch arbeite ich gern eigenverantwortlich und bin sehr gern allein. Ich kann mir das Alleinsein durchaus leisten, weil ich mich nämlich nicht einsam fühle! *Noch* nicht und hoffentlich auch in Zukunft nicht! Ich kann in Ruhe nachdenken, träumen, lesen, schreiben, zeichnen, kochen, schwimmen, Rad fahren oder wandern und manches mehr.
Den Anderen ganz nahe sein, mich von ihnen zeitweilig entfernen und dann wieder nähern – in diesem Rhythmus fühle ich mich wohl!

Nachwort

Oft habe ich mit Schülern die amerikanische Kurzgeschichte *To live Life deeply* von *Jessamyn West* gelesen. Frei übertragen, heißt dieser Titel etwa *Erfahre das Leben in all seiner tieferen Bedeutung!* Manchmal ist es sehr schwer, simpel klingende Vokabeln sinngerecht zu übersetzen. *To live* heißt natürlich in erster Linie *leben,* aber wir könnten sicherlich auch sagen *erfahren, erfassen* oder *durchschreiten.* Und wie steht es mit dem Adverb *deeply*? Könnte mit *Tiefe* nicht auch *Bandbreite* gemeint sein oder *Farbigkeit* oder *Mannigfaltigkeit*? Und was macht überhaupt unser *Leben* aus?

Wir sollen eintauchen in unser Leben, es wertschätzen und nicht wegwerfen, es auskosten, an ihm leiden und uns gleichfalls und vor allem an ihm freuen, solange uns dies nur möglich ist!

Als ein Grundgefühl meines Lebens wünsche ich mir die immerwährende stille Freude, die morgens beginnt und abends noch nicht aufgehört hat.

Ein weiteres Grundgefühl besteht im Erinnern an das Gestern und die Neugier auf den morgigen Tag. Genau so steht es bei mir mit der Sehnsucht.

Es gibt Tage, an denen ich mir eine einsame Insel herbei wünsche und dann wieder sind es menschliche Begegnungen in Fülle.

Wir erfahren unser Leben im Prozess der ständigen Veränderung und des Unwiederbringlichen. Das schult unser Verantwortungsbewusstsein!

Als ich klein war, schickte mich meine geliebte Großmutter mit einer winzigen Schale in den

Garten. Als ich mit nur einer einzigen *roten* Erdbeere zurückkam, war sie sehr erstaunt. Ich klärte sie jedoch auf: *„Nur die hooten (roten)!"* Ich denke an diese kleine Episode noch heute mit einer gewissen Rührung und erinnere mich an Omas gütiges Gesicht – so voller lächelndem Verständnis. Ich hatte nichts ernten wollen vor der Zeit.

Gelebte Zeit ist unwiederbringlich und dennoch lebt sie mit ihrer Magie in uns nach. *Erinnerung* ruft einzelne Schichten unseres Erlebens wieder ab und trägt zu unserm Selbstverständnis bei. Sie hilft uns bei der Deutung, *warum* wir so geworden sind *wie* wir heute sind!

Wir sind nun am Ende der kleinen Trilogie von *Opa, erzähl mal* angelangt.

Solltest Du, lieber Patrick, es mir eines Tages gleichtun wollen, so wird *Deine* Lebensgeschichte freilich ein wenig anders ausfallen, weil sich die Rahmenbedingungen des gesellschaftlichen und individuellen Lebens verändert haben werden. *Das ist eben so,* hätte Dein Opa gesagt und hinzugefügt, dass *Deine* Geschichte damit nicht etwa weniger authentisch sei als *seine* – eben nur anders.

Ebenfalls bei BoD sind von mir erschienen:

Wie ein Magnet 2007, 60 S.
ISBN 978 - 3 - 8370 - 1371 - 9
Dem Geheimnis der Weihnacht auf der Spur
2008, 60 S.
ISBN 978 - 3 - 8370 - 6586 - 5
Schule — Haus des Lernens 2009, 220 S.
ISBN 978 - 3 - 8391 - 0000 - 4
Mit dem Rücken zur Fahrtrichtung 2009, 60 S.
ISBN 978 - 3 - 8391 - 3010 - 0
Vom Baum der Erkenntnis kosten 2010, 60 S.
ISBN 978 - 3 -8423 - 0683 - 7
Festhalten und Loslassen 2011, 60 S.
ISBN 978 - 3 - 8423 - 4408 - 2
Opa erzählt 2012, 60 S.
ISBN 978 - 3- 8482 - 2780 - 8
Opa erzählt weiter 2013, 62 Seiten
ISBN 978-3-7322-37778-4